حولَ الكرةِ الأرضيةِ تدورُ الأفكارُ بحريةٍ، وتزورُ جميعَ البشرِ...
تطرقُ علينا الأبوابَ، وتسْتأذِنُنا للدخولِ، فنَسْمحُ لها...
نسْتضيفُها إلى المائدةِ، ونُقدِّمُ لها كوبًا منَ الشايِ،
وقِطعةً منَ الكعْكِ...
نضْحكُ معَها، تُسلِّينا ونُسلِّيها.

لكنْ! هناكَ أفكارٌ تقْتحِمُ دارَنا منَ النوافِذِ دونَ استئذانٍ...
تدخلُ وتُجبِرُنا على اسْتِضافتِها...
تجلِسُ إلى المائِدةِ رَغمًا عنَّا،
وتَطلبُ كوبًا منَ الشايِ، وقطعةَ كعْكٍ بالشوكولاتةِ.

ماذا لو اسْتقبَلْتَها، وجلَسْتَ إلى المائدةِ مُقابِلَها،
ماذا لوْ رفضْتَ الاسْتِماعَ إليها؟
وماذا لو أَصْغَيْتَ إليْها؟!

شيخة الزيارة – السيد نون

دار جامعة حمد بن خليفة للنشر
صندوق بريد 5825
الدوحة، دولة قطر

www.hbkupress.com

جميع الحقوق محفوظة.

لا يجوز استخدام أو إعادة طباعة أي جزء من هذا الكتاب بأي طريقة دون الحصول على الموافقة الخطية من الناشر باستثناء حالة الاقتباسات المختصرة التي تتجسد في الدراسات النقدية أو المراجعات.

الطبعة العربية الأولى عام 2022

الترقيم الدولي: 9789927161674

تمت الطباعة في الدوحة-قطر.

مكتبة قطر الوطنية بيانات الفهرسة – أثناء – النشر (فان)

نون، السيد، مؤلف.

عندما تزورنا الأفكار / تأليف السيد نون، شيخة الزيارة ؛ رسوم محمد الحموي. الطبعة العربية الأولى. - الدوحة، دولة قطر : دار جامعة حمد بن خليفة للنشر، 2022.

60 صفحة ؛ 24 سم
تدمك: 978-992-716-167-4

1. قصص الأطفال العربية. 2. الكتب المصورة. أ. الزيارة، شيخة، مؤلف. ب. الحموي، محمد، رسام. ج. العنوان.

PZ10.731. N86 2022

892.737– dc23

202228564674

عندما تزورنا الأفكار

تأليف

شيخة الزيارة
السيد نون

رسوم

محمد الحموي

دار جامعة حمد بن خليفة للنشر
HAMAD BIN KHALIFA UNIVERSITY PRESS

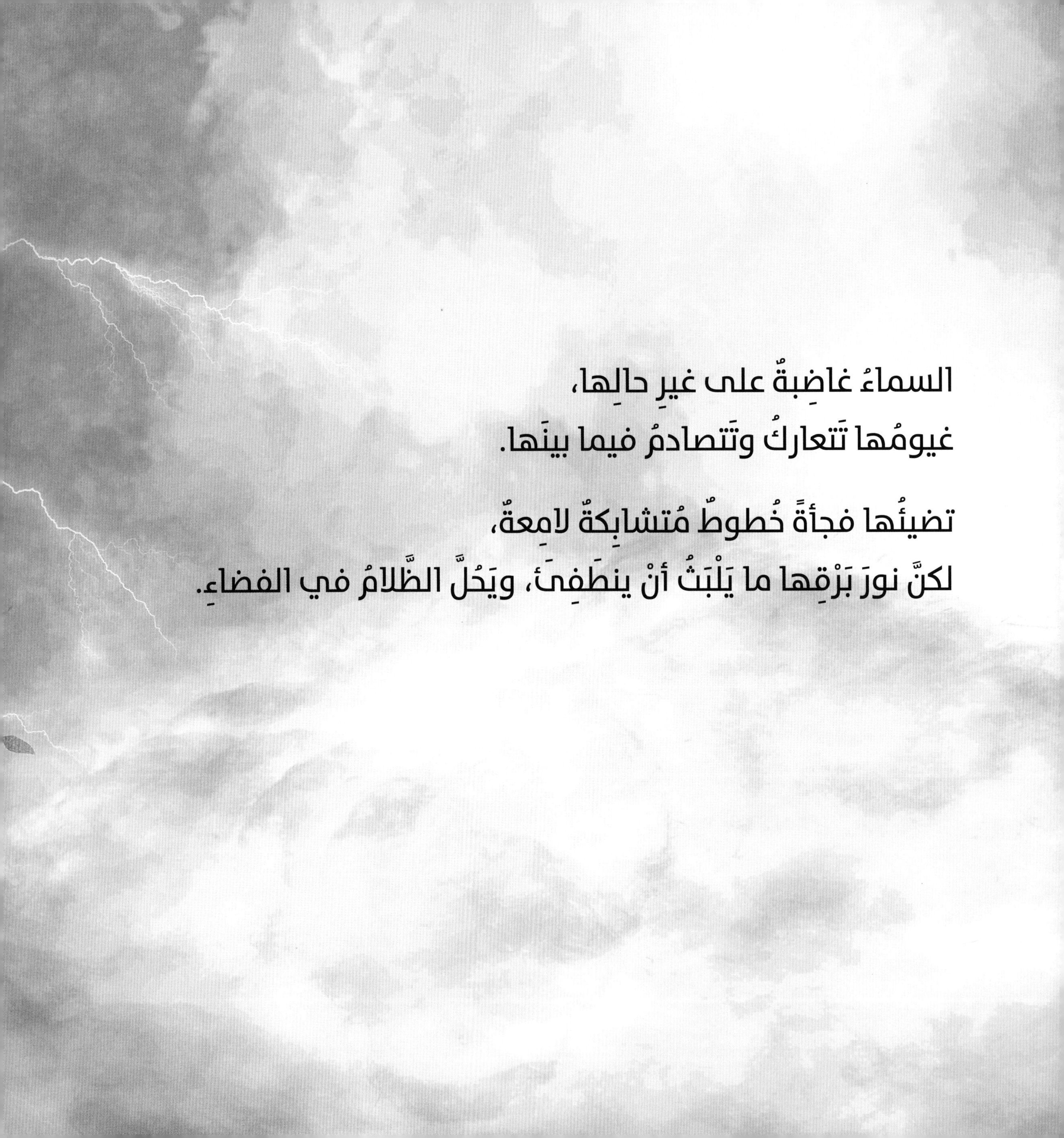

السماءُ غاضِبةٌ على غيرِ حالِها،
غيومُها تَتعاركُ وتَتصادمُ فيما بينَها.

تضيئُها فجأةً خُطوطٌ مُتشابِكةٌ لامِعةٌ،
لكنَّ نورَ بَرْقِها ما يَلْبَثُ أنْ ينطَفِىءَ، ويَحُلَّ الظَّلامُ في الفضاءِ.

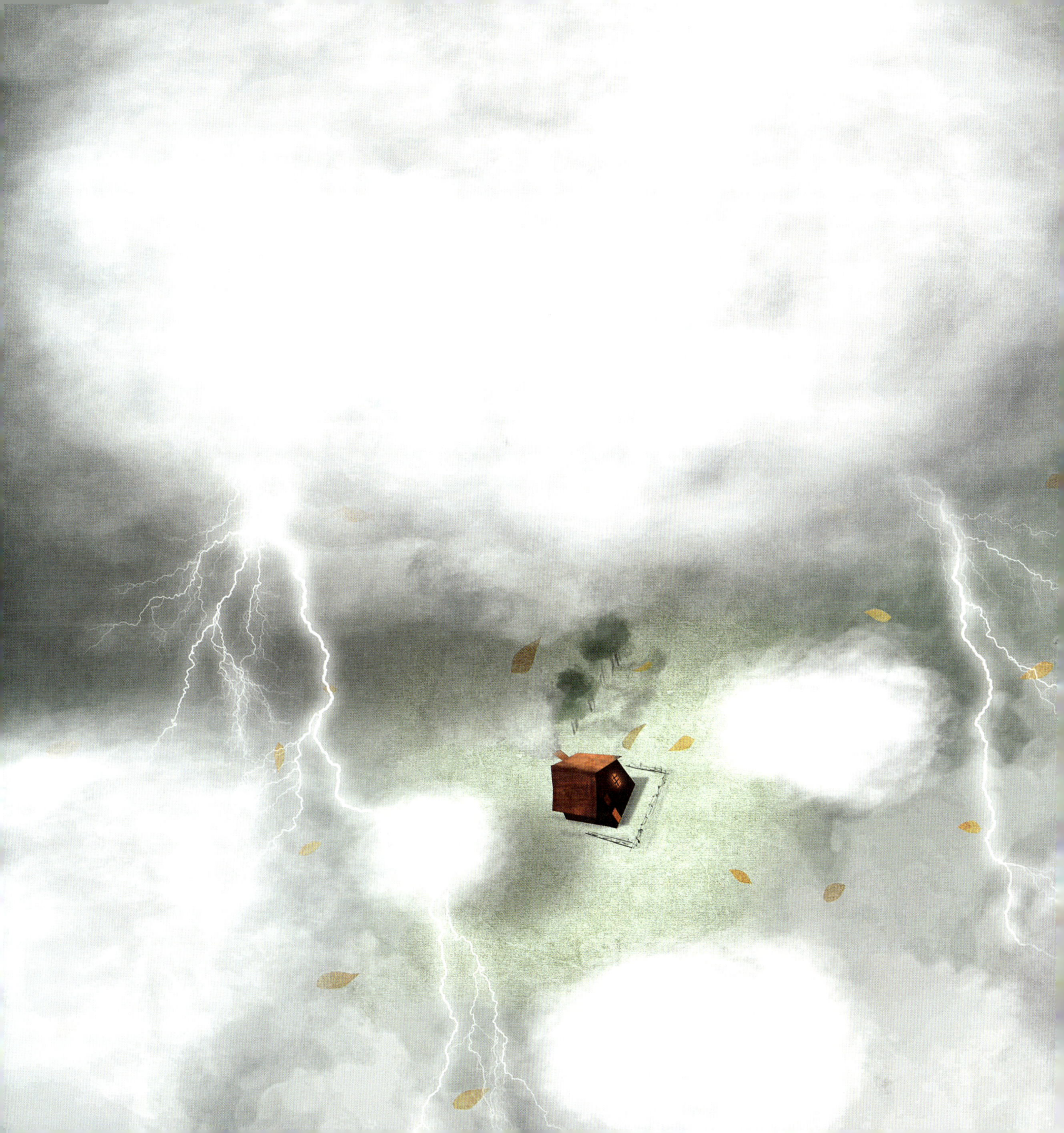

أصواتُ رعدٍ قويةٌ تَملأُ الأُفقَ،
والرياحُ ثائِرةٌ عاصِفةٌ،
وتُنْبِئُ بحدوثِ خطرٍ ما!

النوافذُ تُقْرَعُ كالطُّبولِ،
والأبوابُ اهتزازُها يَشتدُّ!

حلَّ الصباحُ وهدأتِ العاصِفةُ،
لكنَّ كلَّ شيءٍ بدا مُختلِفًا!

أَطَلَّتْ فيُّ منَ النافِذةِ.
ما أَجملَهُ مِنْ صباحٍ بعدَ العاصِفةِ!

نورُ الشَّمسِ يتسلَّلُ إلى غرفَتِها برفقٍ،
والطيورُ تتغنَّى وتحلِّقُ بينَ السُّحبِ.

لمحتْ فيُّ فستانَها الأبيضَ الجديدَ،
وقدْ طَيَّرَتْهُ الرياحُ وألقَتْهُ بعيدًا.

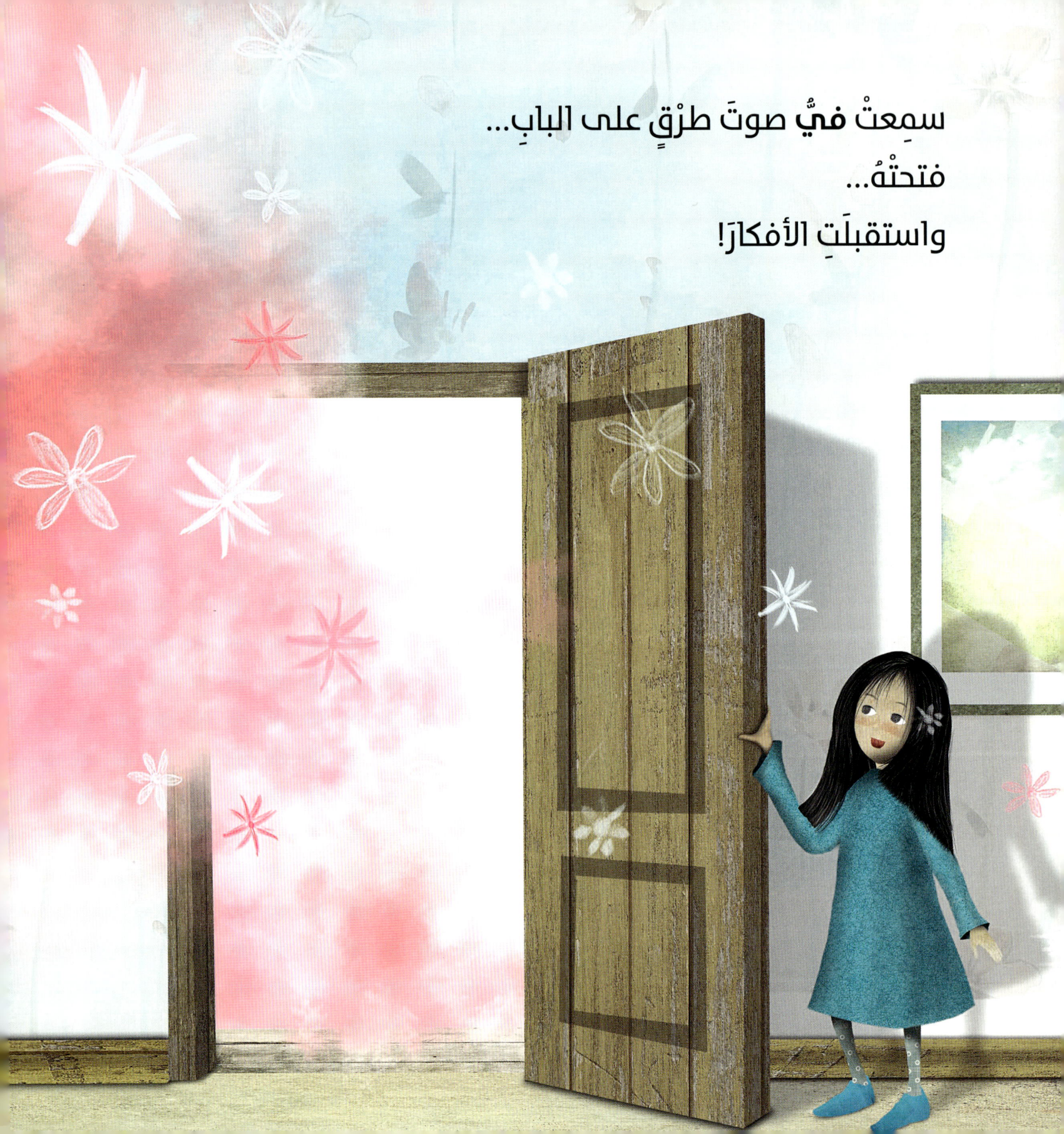

سمِعتْ **فيُّ** صوتَ طرْقٍ على البابِ...

فتحتْهُ...

واستقبلَتِ الأفكارَ!

أهدتْها الأفكارُ مشاعرَ جميلةً،
وركضتْ معَها في اتجاهِ الحديقةِ.

يا لَلجمالِ!

الفراشاتُ تَطيرُ في أمانٍ،
والأزهارُ الصَّفراءُ ملأتِ المكانَ،
وحطَّتْ فوقَها النَّحلاتُ لِتَمْتَصَّ الرَّحيقَ.

يا لَلدهشةِ!

الشجرةُ الكبيرةُ ذاتُ الأشواكِ،
سقطَ جذعُها وتناثرتْ أوراقُها.

وها هيَ القططُ تدورُ حولَ الأغصانِ،
والطيورُ تبدأُ في التحليقِ والطيرانِ فوقَها.

يا لَلفرحِ!

لا ضررَ بعدَ اليومِ،
ولنْ تؤلِمَ أشواكُها طيورَ البومِ.
فثمارُها الضارَّةُ اختفتْ،
وزالَ الخوفُ منها والقلقُ.

يا لهُ مِنْ تعاونٍ مثيرٍ!

اجتمعتِ القططُ والكلابُ والفئرانُ لإزاحةِ الأغصانِ!
عدّتْ جميعُها: واحدٌ... اثنانِ... ثلاثةٌ...
لكنَّ قدرتَها أضعفُ مِنْ رفعِ الأغصانِ!

ركضتْ فيُّ للمساعدةِ...
واحدٌ... اثنانِ... ثلاثةٌ...

يا لَلحظِّ السعيدِ!

وُرَيْقاتٌ صغيرةٌ جديدةٌ
نبتَتْ مكانَ الشجرةِ الشوْكيةِ؛

لونُها أخضرُ براقٌ،
تُكلِّلُها زَهراتٌ ورديَّةٌ،
خرجَتْ للتّوِّ إلى الحياةِ.

صرخَ الجميعُ: «يا لَلسعادةِ! ستنْبُتُ في قريَتِنا شجرةُ كرزٍ».

سقطَتْ شجرةٌ، وظهرَتْ أخرى، لتُهديَ الحبَّ والخيرَ والعطاءَ.

اقتربتْ فيُّ منها لِتَسْقِيَها ماءً،
وتبِعَها الجميعُ ليشاركَ في رَيِّها.

يومًا بعدَ يومٍ، تابعتْ فيُّ الوُرَيْقاتِ التي ظلّتْ على حالِها لا تَنْمو ولا تكبُرُ!

والأرضُ مِنْ حولِها لمْ تخضَرَّ ولمْ تُزهِرْ!
شعرتْ للحظةٍ بأنّها فقدتِ الأملَ!

ماذا يحدثُ؟!

تَغيَّرَ لونُ السماءِ فجأةً!

أحستْ **فيُّ** بمشاعرَ مختلطةٍ،

لمْ تكنْ تدركُ... أهيَ سعيدةٌ أمْ حزينةٌ؟!

ازدادَ سوادُ السماءِ...
اهتزتِ النافِذةُ...
شيءٌ ما يحاولُ التسلُّلَ إلى عالَمِها!
فتحتْ فيُّ النافذةَ قليلًا ...

أصرَّ السوادُ على الدخولِ!
دفعتْ فيُّ نافذتَها بقوةٍ، وأحْكَمَتْ إغلاقَها.

في اللحظةِ نفسِها، سمِعَتْ طَرْقًا على البابِ...
فتوجَّهتْ نحوَهُ مُسرِعةً، وفتحتْهُ...
فشعرَتْ بالسَّعادةِ.

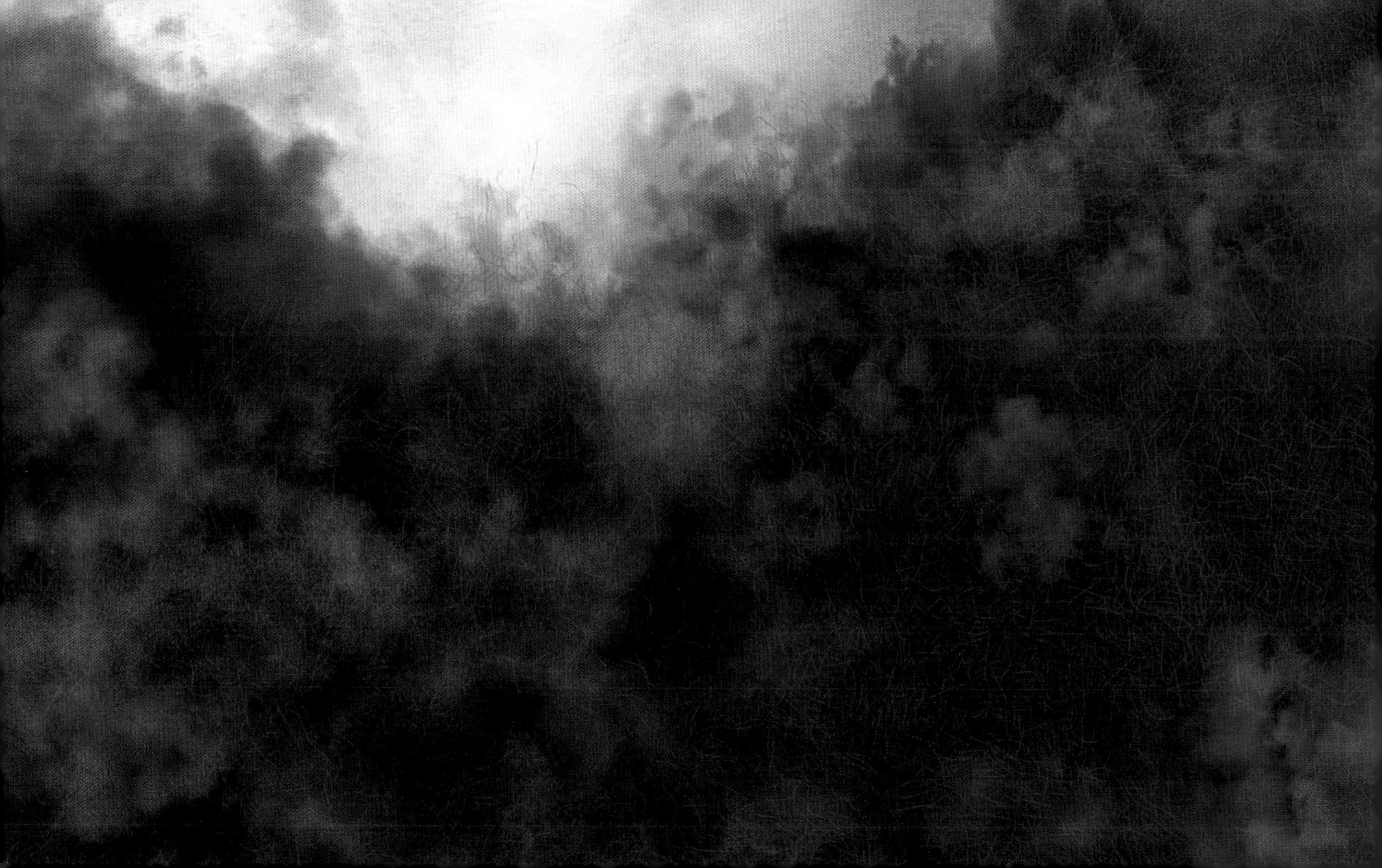

تزورُ الأفكارُ الصديقةُ فيَّ،
فتَجلِسُ معَها إلى المائدةِ،
وتُقدِّمُ لها فيُّ قِطعةَ كعكٍ
بالشوكولاتةِ، وكوبًا منَ الشَّايِ.

تُبادِلُها أطرافَ الحديثِ،
وتُنشِدُ معَها لحنَ الحبِّ والسعادةِ.

ومعَ إشراقةِ كلِّ صباحٍ،
تَستقْبِلُ فيَّ يومًا جديدًا جميلًا سعيدًا.

ومعَ إشراقةِ كلِّ صباحٍ،
يَسْتقبِلُ عدنُ يومًا جديدًا جميلًا سعيدًا.

تزورُ الأفكارُ الصديقةُ **عدنَ**،
تجلِسُ معَهُ إلى المائدةِ،
ويُقدِّمُ لها عدنُ قِطعةَ كعكٍ بالشوكولاتةِ، وكوبًا منَ الشَّايِ.

يُبادِلُها أطرافَ الحديثِ،
ويُنشِدُ معَها لحنَ الحبِّ والسعادةِ.

أفكارٌ وضَحِكاتٌ جميلةٌ
عادتْ بعدَ غِيابٍ طويلٍ.

ملأتْ قلبَهُ وعقلَهُ بالنورِ منْ جديدٍ.

سمِعَ **عدنُ** طَرْقًا على البابِ...

طقْ... طقْ... طقْ...

تَقدَّمَ نحوَهُ بخطواتٍ متسارعةٍ،

وفتحَهُ مُستطلِعًا...

منْ هُناكَ؟

شيءٌ ما يَحدُثُ!

السماءُ تتغيَّرُ،

والنورُ يَظهرُ منْ جديدٍ!

وعدنُ يُراقبُ بارتباكٍ...

سيطرتْ على عقلِهِ الأفكارُ الشريرةُ!

راحَ يفكِّرُ ويُفكِّرُ...
ماذا لوِ اقْتلَعتِ العاصِفةُ الأشجارَ،
فأصبحتِ الحيواناتُ بِلا مأوًى أو طعامٍ؟
ماذا لوْ حطَّمتِ العاصِفةُ المدرسَةَ،
فلمْ يرَ أصدقاءَهُ بعدَ ذلِكَ؟

هلْ هذِهِ هيَ النهايةُ؟

جلبتْ لهُ وجبتَهُ المفضلةَ وتشكيلةَ الحلوياتِ التي كانتْ تُشعِرُه بالفرحِ...

وردَّدتِ الأهازيجَ التي كانا يُنشِدانِها معًا، وكانتْ تُشعِرُه بالسعادةِ.

لكنَّ الحكاياتِ والحلوياتِ والأهازيجَ ما عادتْ تُفرِحُ عدنَ!

في وَحدتِهِ...

روتْ لهُ أختُه الكثيرَ والكثيرَ منَ القصصِ والحكاياتِ التي كانتْ تُشْعِرُهُ بالمتعةِ...

أمرٌ غريبٌ حدَثَ لَهُ،
غيَّرَ مسارَ حياتِه بالكاملِ؛

فضَّلَ الصمتَ على اللعبِ والكلامِ،
واختارَ الوحدةَ ورفعَ رايةَ الاستسلامِ!

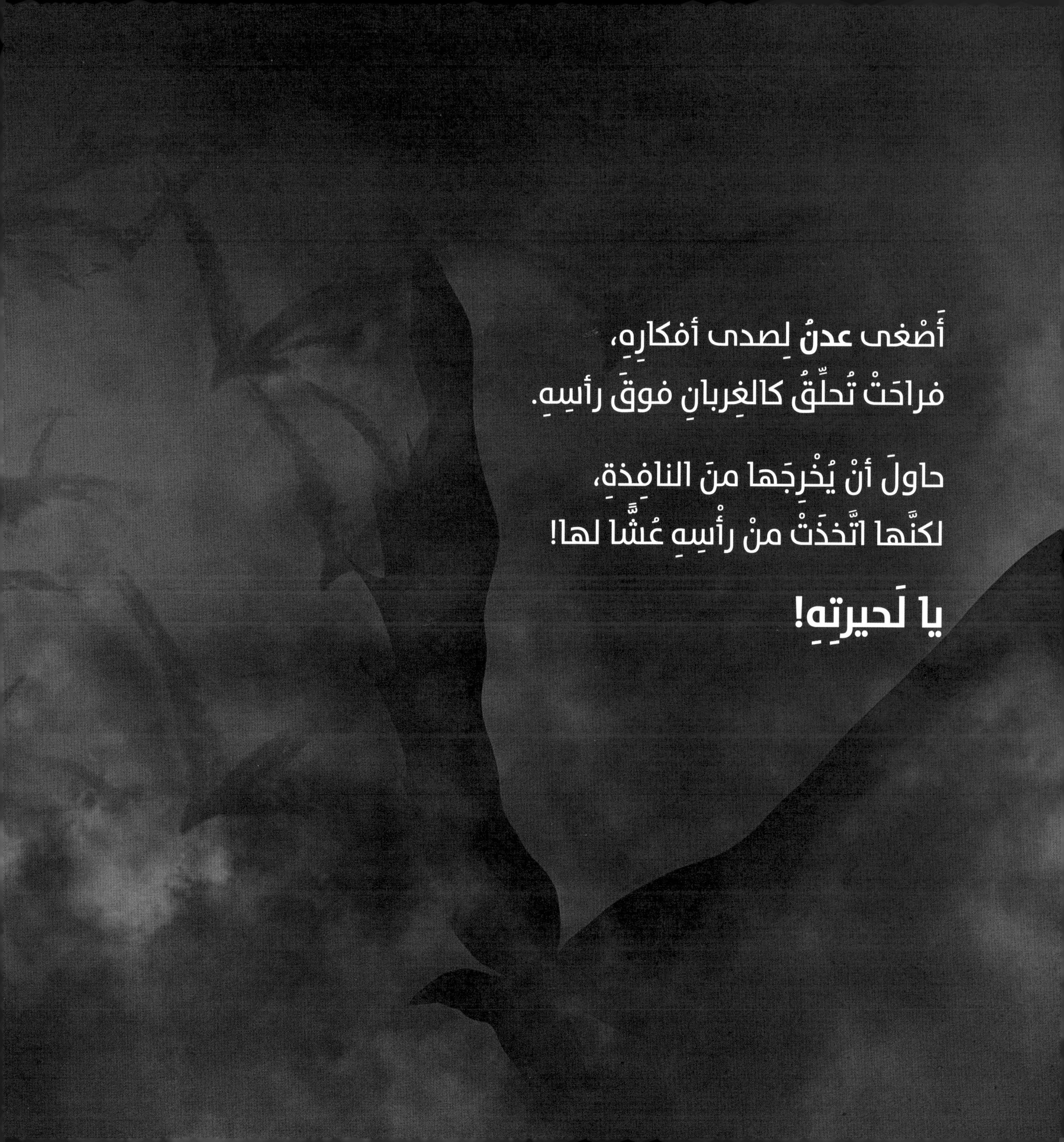

أَصْغى عدنُ لِصدى أفكارِهِ،
فراحَتْ تُحلِّقُ كالغِربانِ فوقَ رأسِهِ.

حاولَ أنْ يُخْرِجَها منَ النافذةِ،
لكنَّها اتَّخذَتْ منْ رأسِهِ عُشًّا لها!

يا لَحيرتِهِ!

استضافَها إلى مائدةِ الطعامِ،
واسْتمعَ إلَيْها حتَّى أنْهتِ الكلامَ.

لكنَّها... يا لَلأسفِ!

طبعَتْ في قلبِهِ وعقلِهِ نقطةً سوداءَ،
أَخَذَتْ في الاتِّساعِ يومًا بعدَ يومٍ!

صوتٌ منْ خَلفِ النافذةِ أَقْلَقَهُ!
فَفتحَها ليعْرِفَ مَصْدَرَهُ.

استغلَّتِ الأفكارُ الشِّرِّيرةُ الفُرصَةَ،
وتسلَّلتْ إلى دارِهِ بخفَّةٍ.

ملأتِ المكانَ بالسوادِ،
وشعرَ عدنُ بِتَسارُعِ دقاتِ قلبِهِ.

مِن تحتِ السَّريرِ، ضمَّ عدنُ قلبَهُ الصغيرَ،
وحدَّقَ في النافِذةِ.

ظنَّ أنَّ العالَمَ انْتهى الْبارِحةَ!
وشعرَ بخوْفٍ شديدٍ.

حلَّ الصباحُ وهدأتِ العاصِفةُ،
لكنَّ كلَّ شيءٍ بدا مُختلِفًا!

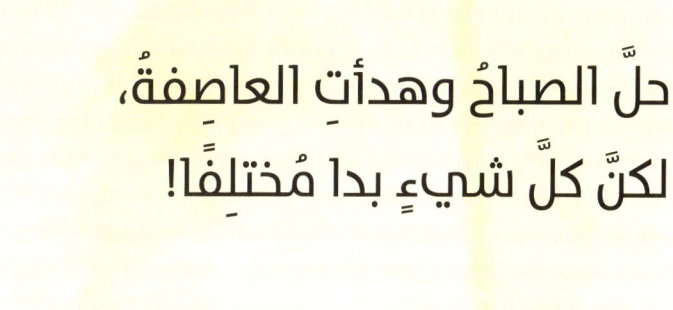

أصواتُ رعدٍ قويةٌ تَملأُ الأُفقَ،
والرياحُ ثائرةٌ عاصِفةٌ،
وتُنْبِئُ بحدوثِ خطرٍ ما!

النوافذُ تُقْرَعُ كالطُّبولِ،
والأبوابُ اهتزازُها يَشتدُّ!

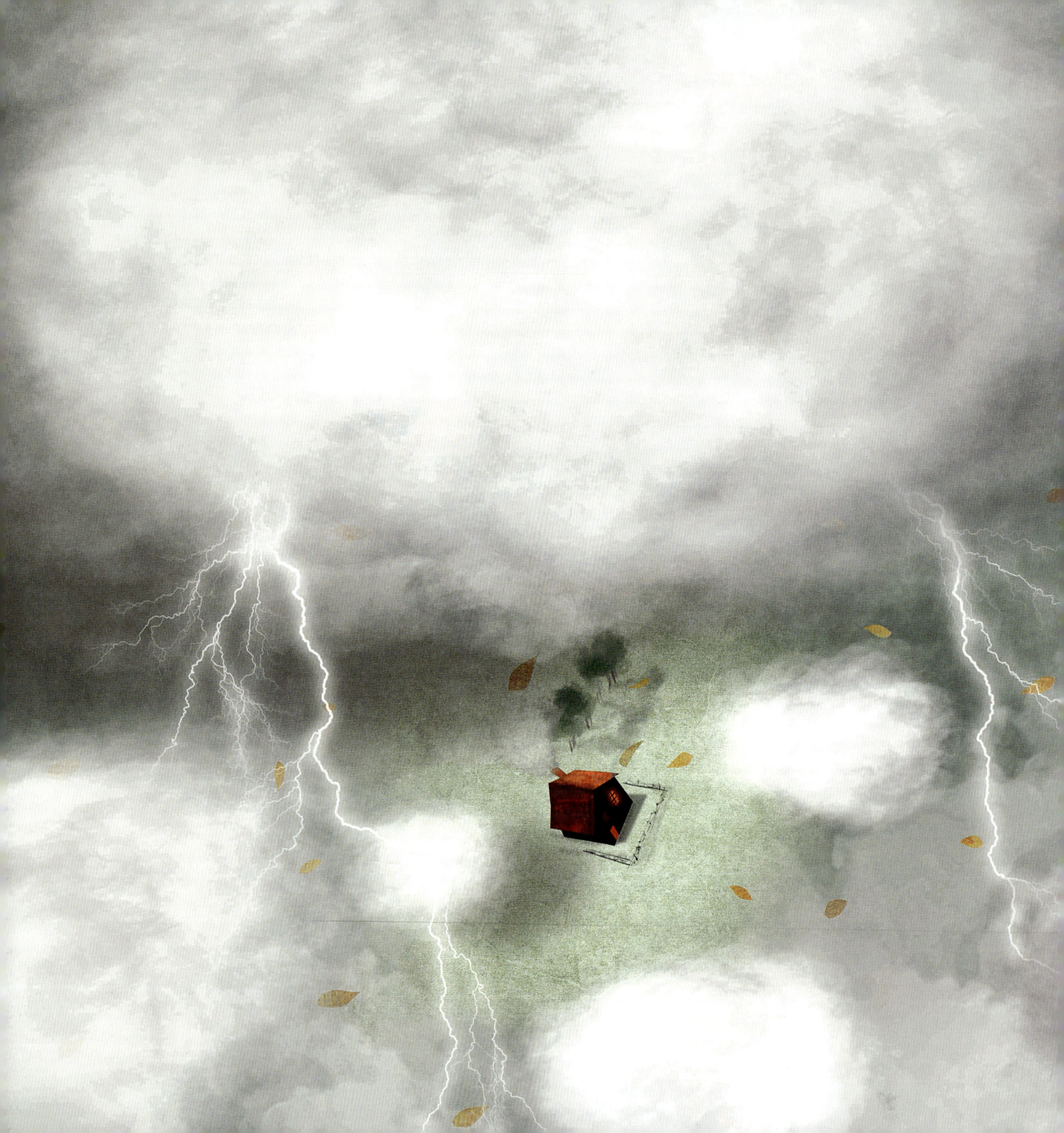

السماءُ غاضِبةٌ على غيرِ حالِها،
غيومُها تَتعاركُ وتَتصادمُ فيما بينَها.

تضيئُها فجأةً خُطوطٌ مُتشابِكةٌ لامِعةٌ،
لكنَّ نورَ بَرْقِها ما يَلْبَثُ أنْ ينطَفِئَ، ويَحُلَّ الظَّلامُ في الفضاءِ.

عندما تزورنا الأفكار

تأليف

السيد نون

شيخة الزيارة

رسوم

محمد الحموي

دار جامعة حمد بن خليفة للنشر

HAMAD BIN KHALIFA UNIVERSITY PRESS